KB170950

自給自足主義者

自給自足主義者

©박세현, 2022

1판 1쇄 인쇄__2022년 11월 25일
1판 1쇄 발행__2022년 12월 05일

지은이__박세현
펴낸이__양정섭

제작·공급__경진출판
　　　　사업장주소__서울특별시 금천구 시흥대로 57길 17(시흥동) 영광빌딩 203호
　　　　전화__070-7550-7776　팩스__02-806-7282
　　　　홈페이지__http://https://mykyungjin.tistory.com
　　　　이메일__mykyungjin@daum.net

값　10,000원
ISBN　979-11-92542-09-6　03810

自給
自足主義者

박세현 시집

信念도 理論도 없이 살아지는

그날까지 시를 쓰겠지

헛되이, 아무튼

차례

착불

밤비

당신

金宗三論

표절에 대하여

그 다음은 더 말하지 말자

절

들이댄다

非番

농담 삼아

진접

살아도 꿈결 죽어도 꿈결

비밀

어느 초현실주의자에게

미안하다

나도 당했다

착불

산티아고 순례길 걷지 않은 당신에게
빽다방 커피를 쏜다
제주 올레길도 가보지 않은 당신에겐
상계역에서 머릿고기를 사주겠다
오늘을 사는 나의 진심이다
진심은 왜 이다지 기특한가

늙도록 야심하게 불켜놓고
시를 쓰고 있을 당신에겐 녹슨 마음만
택배로 보내겠다 섭섭하지 마시길
착불이니 착하게 요금을
지불하시도록
안녕

밤비

새벽 세 시
신호등 앞에서 비상등을 켜고
깜빡거리는 자동차는 무슨 갈망이더냐
나에게도 좀 알려주시구려
건넛마을 공동집들에도 꺼지지 않은 불빛
몇은 있다
밤이 너무 늦었다
더는 밤이라고 말할 수 없는 세계
열었던 창을 닫지 않고 그대로 둔다

당신

당신은 내 언어 안쪽에 살고 있다

당신은 내 문장 속에 살고 있다

맑은 날도 거기 있고

어슴푸레한 저녁에도 그 자리에 있다

나는 날마다 애매한 글을 쓰면서

나는 날마다 당신을 만나러 떠난다

당신은 문장 속에서 웃고

당신은 문장 속에서 울기도 한다

나는 어렵게 만난 당신 앞에서

여러 개의 어설픈 느낌표와

여러 개의 말줄임표밖에 보여줄 게 없다

그게 나의 일이자 나의 꿈이다

꿈이라 썼지만 그 꿈 깰까 봐

당신 모르게 조용히 지운다

당신은 나의 이해를 벗어나는 非文

당신은 단 하나 나의 외로움이다

金宗三論

언젠가는 김종삼에 대해 써야지
그랬던 때가 있다
마음만 먹고 미루면서 늦었다
나는 이제 할 말이 없다
다른 사람들이 다 했다는 뜻은 아니다
시가 말을 하고 있는데
시를 가로막고 나서서 떠드는 것은
시에 대한 예의가 아니라고 본다
모자를 벗고 경청하면 된다
김종삼 시의 하급반 청강생이면 족하다

표절에 대하여

한국어로 쓴 시는
한국어로 쓰여진 모든 시에 대한 표절이다
진심이고 절실한 감정은
진심이고 절실한 감정에 대한 표절이다
사랑은 사랑에 대한 사랑스러운 표절이고
슬픔은 슬픔에 대한 사이비 표절이다
전위는 모든 전위에 대한 참신한 표절이다
표절에 헌신하자
문예지 편집자와 만나 보시라
그야말로 표절 바람잡이다
표절이 꿈이라면 그대는 충분히 시인이다

그 다음은 더 말하지 말자

이유 없이 잠 안 오는 밤을 열심히 밀어내고
아무것도 걸치지 않은 맨아침을 받아들인다
기쁠 것도 없고 덜 기쁠 것도 없는 아침

어제 날아온 문학평론가의 부고는
내 휴대폰에 담겨서 조용한 밤을 보냈다
내일이면 멀리 떠나시리
유럽에 같이 가자던 말은 이제
굳은 약속으로 남았습니다
말할 수 없는 것에 대해서는
주둥이를 다물라고 말한 철학자도 있지만
말하고 싶어도 침묵하겠다 침묵하겠습니다
입 꾹 다물고 묵묵……

모든 철학이 그냥 철학처럼 보이고
모든 시가 그냥 시처럼 보이는 날이다
그래서?
그 다음은 더 말하지 말자

절

이 나이 먹고도
슬픔은 슬픔이다
기쁨은 기쁨이다
헛산 듯한 최종적인 기분을 달랠 길 없다
아직도 이러고 있는가
9월이 왔다고 창을 열고
가슴 만땅으로 낯선 손님을 받아들이는
나의 형식은 이제는 삼가야 하는 걸까?
아무렇지 않다는 듯이 돌아앉아
책 위에 내려앉은 먼지를 문지를 것인가?
이 나이 먹어도 매일 허기진다면
헛산 게 맞다
(이 대목에서 잠시
나만 아는 침묵)
먼 데서 모처럼 오신 구월이다
분석할 것 없이 마음 굽히고
절

들이댄다

내가 미처 쓰지 않은 시를
소리 죽이고 읽는 밤
꿈은 허공에서 허공으로 지나간다
꿈자리 바깥으로 가을비가 내린다
내 팔에 기대어 나는 모처럼 숙연하다
숙면하시라
내가 만나지 못한 아이들, 알바청년들,
어미고양이들, 무연고자들, 채무자들, 재소자들,
쪽방들, 먼저 죽은 사람들

나는 쓴다
나를 알 리 없는 사람들
나를 잊은 사람들을 위해 쓰고
바람에게 들이대고 빗소리에게 들이댄다
막판엔 시에게 들이댄다
더 깊이, 더 오래, 더 빨리 망각해주기를

오오
(미처 삭제하지 못하고 남겨진
외로운 짤 같은 나의 원관념들)

非番

오늘은 시를 쓰지 않았다
비번이다
비가 흩뿌리고 스산하다
아무도 그립지 않다
슬프지도 않다
기쁘지도 않다
이건 벽인가
경지인가
설명할 길이 없다
매일을 비번으로 살면 될 것인가
행복이니 진실이니 하는 따위
이런저런 主義에 얽이고
물들지 않으면 된다
기쁨도 죽이고
외로움도 짓누르면서
깊이 없음만 따라가자
학자와 정치자와 무당자의 말은
다 같은 계통
귓등으로 넘기자
하루살이처럼 살면
끝

농담 삼아

슬슬 물들어간다

이 시대? 아니

이 시대의 구정물? 아니

이 시대의 구정물의 향취? 아니다

나는 그저 나에게 취한다

단 한순간도 민주주의를 겪어보지 못한 나라

단 한순간도 민주주의가 아닌 것을 떠들어보지 못한 나라

단 한순간도 한 탕 해먹는 거 말고는 고심한 적이 없는 나라

대통령은 늘 상감마마이고 그 처는 언제나 중전마마인 나라

양심과 자유와 공정과 상식과 민주주의의 개념을

알뜰히 조져버린 대통령님들(예외 없이!)

나는 미워하지 않는 순간이 없다

나는 꿈결에서도 씹는다 누구를?

그렇게 태평스럽게, 대명천지 민주대한에서

이거 무슨 개소리냐고 들이대는 당신

바로 당신들

진접

진접은 전철 4호선의 끝
거기 가면 무엇이 있는가
아무것도 없다
아무것도 없는 벌판을 만나러
진접에 가겠는가 그렇다
바람소리도 아무것도 아니고
구름빛도 아무것도 아니다
아무것도 아니라서 내 속이 맑아지고
아무것도 아니라서 꿈꾸기 직전 같다
꿈처럼 통째 움직이는 들판을 걷다가
아무것도 아닌 생각을 벗어놓고
아무것도 아닌 채로 돌아온다
진접에 아무것도 없다는 말은 틀렸다
외로움 떨친 바람소리 있고
자유도 벗어난 구름이 있고
우두커니 두 팔 벌린 내가 서 있다

살아도 꿈결 죽어도 꿈결

아침엔 빵을 머것습니다

아마 수입산 밀가루로 만드럿을겁니다

감히 마싯엇습니다

오늘은 말복이자 해방기념일

국기를달면 좋겟는데 국기가업습니다

대신 옥상에올라가 두 팔을

몇 번 흔들어보앗습니다

우리집안에는 독닙유공자가

일명도업습니다

희한한족보입니다

단지, 조은아침임니다

°李箱이 「逢別記」에 쓴 '속아도 꿈결 속여도 꿈결'을
잠깐 손질해서 제목으로 썼는데 효과는 별로다.
그래서 괜찮다.

비밀

삼류시인이 아니고는 알 수 없는 비밀이
세상에는 있다 그것이 무엇인지 이제
나는 좀 알 것 같다

어느 초현실주의자에게

그대의 소설을 읽는다
현실보다 많이 엉성한 사건들이 전개되고
서툴게 분장한 인물들이 너절한 역사 속에서
소설이라는 남루한 의상을 걸치고
서로를 허구적으로 탐하는 이야기
그대의 소설을 읽으며 반성한다
우리는 왜 이야기를 하는가
우리는 왜 지나간 이야기를 하는가
소설가가 잠든 사이에 어서
소설에서 도망치라고
그대의 등장인물들에게 전해주게
그대가 사는 길이다
어서, 어서

미안하다

비를 맞으며 집 앞의 슈퍼에서
막걸리 두 병을 사오는 것만큼 행복한 일은 없습니다.

내 말은 아니다
누구? 장정일
그러면 그렇지

어디서 베꼈으면 베꼈다고 출처를 밝혀야지
나는 이제 그런 열정의 잔량이 없다
검색해 적당히 읽으시라

나도 당했다

시에 뭐가 있다고
밤낮없이 시에 매달리면서
(이 말은
뼈를 깎는 아픔이라는 망상적이고 한없이
저급한 옛날식 엄살의 흉내이지만
손톱을 깎는 심정으로
나는 저 엄살을 시로 삼킨다)
여기까지 왔다

시를 쓰지 않아도 여기까지
오기는 왔을 것이다
많은 환상과 약간의 환멸
약간의 외로움과 거대한 환멸을 살게 될 줄
예전에는 알지 못했다
시에 당한 인간이 나만은 아닐 것이다
아무도 탓할 수 없다

빈 우체통 같은 초가을 아침
환멸의 짐을 짊어지고 나는 산으로 간다

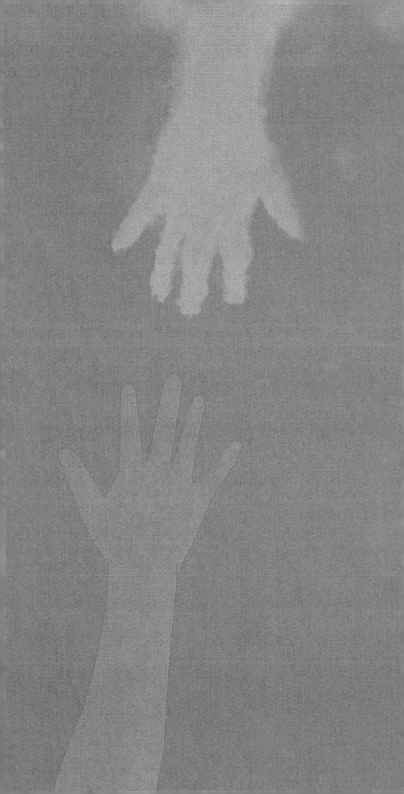

말복 이후

만주어로 시를 쓰고 싶은데
만주어를 모른다 이런 비현실이
나에게는 불가피한 꿈이 된다
낯선 여자랑 친한 척 대화하며
말복 지난 해변을 걸었다
그녀가 커피값을 계산했다
내 책을 줬더니 사인을 해달란다
사인하지 않는다고 말했더니
나한테 책을 던져버리는 게 아닌가
그 바람에 잠 깨고 보니
낯선 여자는 집사람이었다
꿈풀이는 하지 않겠다

이제 나는 시를 읽지 않는다

내게 시를 들이대지 마라
공연한 파도소리나 들려주시게
소낙비 쏟는 소리도 좋고
한 조각 농담이라도 사양하지 않겠네

서글픈 일은 서글프게 받고
더 서글픈 일은 더 서글프게
받아들이기로 하자
높은 얘기는 높은 대로
시시함은 시시한 대로 견디는 거다

누구에게도 위임할 수 없는 말은
가벼운 우스개로 돌리기로 한다
어깨 한번 으쓱 들었다
내려놓는 시늉이면 충분하다
충분할 것이다

자판연습

사랑한다
목적어가 빠졌군
너를 사랑한다
이번에 주체가 없군
나는 너를 사랑한다
식었던 사랑이 달아오른다
사태는 진정되었으나 여전히
사랑은 불구적이군
어두운 거리처럼 너를 사랑한다
이 문장은 진은영의 표절이군
시인도 모르게 쓱 지워버린다
사랑의 모습이 떠오르다가 사그라들었군
다시 심심한 문장만 남는다
나는 바람을 표절하고 싶고
빗소리를 표절하고 싶고
식은 사랑을 표절하고 싶고
늙은 시인의 손가락을 표절하고 싶다
이 나이에는 사랑도 표절도 과하군
사랑한다는 문장도 수사학이다
사랑하지 않는다

표절 없이 다시 고쳐 쓴다

나는 누구도 사랑하지 않는다

往十里

동북선을 타고
往十里 가고 싶으네
거기 가면 金素月 성님° 생각 나겠지
한양대학교 대학원에서 석사할 때
543번 노선버스에 내려 인문대까지
바삐 오르던 숨찬 계단도 둥둥 떠오른다
생각이여, 세월 저편의 숨을
한꺼번에 몰아쉰다네
가도 가도 나는 往十里인가 봐
상계동에서 왕십리 가는 경전철은
지금 한창 공사중
이 시는 동북선 개통하면
다시 손봐야겠다

°金宗三

연태고량주 마시는 여름밤

별 반 개짜리 詩를 쓰고 내일은

서울로 간다

서울에 가면 나는 또 서울사람이 되겠지

안경을 끼고 백신용 마스크를 쓰고

행인이 되어, 부랑자가 되어, 전철승객이 되어

어딘가로 간다 어딘가를 헤맨다 어디지? 그곳

시 한 편도 남기지 않은 시인이 살던 골목

그가 월급 받던 직장 앞을 지나갈 것이다

빵 굽는 냄새였던가 커피 볶는 냄새였던가

타자기 소리였을지도 모른다

자음과 모음이 튀어오르던 순간들

나는 끊었던 담배를 입에 물고 낮술에

붉어진 정신을 흔들며 계속 어딘가를 헤맬 것이다

헤매는 나여, 별 반 개짜리 詩여

오늘밤 연태고량주 옆으로 오시라

나랑 같이 죽자 여름밤처럼 더운 몸으로

같이, 같이, 같이

시간강사

내가, 대학의 시간강사 노릇을 몇 년 했을까.
십년은 족히 했겠다. 더 했나?
나보다 더 많이 한 사람도 있을 거다.
이 대학, 저 대학. 안 해본 과목이 없다.

교양 국어, 글쓰기, 시론, 소설론, 비평론, 문학사, 문예사조사, 시
창작론, 국어교육론 등. 뭐야, 이거 국문과 커리를 다 훑었군. 많
이 벌어먹었겠다고 상상하시겠지. 그렇게 생각하셔도 좋다. 벌어
서 차비하고 밥 먹고 고속도로 범칙금 내고 나면 남는 건 없다.
시간강사는 물먹는 하마처럼 시간을 먹고 산다.
나는 그 시절을 참담하게 개관하는 게 아니다.
시간 속을 헤매던 젊은 열정과 분노를
소용없는 사랑으로 더듬어볼 뿐이다.

내가 팔았던 지식은 고작 재고떨이였고,
그나마도 우매한 강매였지만
나는 그 시절의 내 시간을 나무라지 않는다
그때나 지금이나 지식은 비양심적이다
하루치 시간강의를 마치고 돌아와
양말 밖으로 빠져나온 발가락을 보고 있을 때

덜컥, 그 지향 없음을 바라보는 순간
문학은 그 이상도 이하도 아니다
그것을 가르쳤어야 했다
그런 고백을 했어야 했다

녹번역

이번에 그분 소설을 읽었네. 무슨 소설이 그래. 재미 한 개도 없었어. 어떻게 그렇게 영업을 하는지 모르겠다. 뭐야, 뻔한 얘기를 또 쓰고 있잖아. 기자들도 심하게 빨아대더군. 출판사에서 돈 먹었나 봐. 작작 하시지들. 기레기라는 말이 표준어가 된 이유를 알겠더군. 시집도 두 권 읽었는데 이건 뭐 더개판이야. 읽다가 휙 던졌는데 분리수거통 옆에 떨어졌어. 왜들 이러는지 모르겠다. 오후에는 전철 타고 녹번에 가려고 한다. 볼일이 있는 건 아니다. 녹번에는 뭔가 있을 것 같아서다. 없으면 그만이고. 그분 소설에 녹번역이 나왔거든. 읽다 버린 시집에는 불광역도 나왔어. 녹번에 갔다 와서 소설도 시도 다시 읽어보고 후기를 남겨야겠다. 오늘은 처서. 어딘가 깃들고 싶었음.

구월

창을 열고

푸른 하늘에다

헛손질

날개를 접고

저공비행을 하자

나는 누구누구의 숭배자였지만

그게 누구였는지 이젠 다 까먹었다

그 시간의 옷자락만 펄럭인다

나는 나

나는 언제나 나

언제나도 나군

그러나

그러나도 나다

나는 나지만 그렇지만 나는

나는 나의 대역이자 촌스러운 까메오

나는 사는 날까지 가주어다

생각

나는 생각한다
나는 생각하지 않는다
생각은 나무가 하고
생각은 바람이 하고
생각은 당신들이 하는 거다

내가 아는 사람
내가 모르는 사람이 나에 대해
열심인 비지네스가 생각의 정의다
내가 생각하는 것이 아니다
당신들이 하는 생각이야말로
정확한 내 생각일 것이라고 생각한다

하지

한여름이네
또 하나의 여름 나만의 정점
실험하듯이 살아야 한다

오늘은 사르트르의 생일
노벨상을 사양한 소설가
그것만으로도 따질 것 없이 존경
상금은 날 주시지
진심은 이렇게 농담을 타고 흐르는군
멀리 가거라 오래 흐르거라
여름이 도착한 아침에
일찍 일어나서 헛소리를 질러대는군

이렇다 할 업적이 없어서
숨쉬고 있음을 큰 업적으로 삼는다
나만 아는 일이 아니다
걱정이야
언제부터인가 통 슬퍼지지가 않아

두 번 다시

창밖에 와 있는 오늘은
어제의 그 오늘이 아니다
몇 번 지저귀면서 허공을 스쳐가는
저 까치 일행도 저번 날의 그들은 아니다
지난 밤에 찾아온 허술한 우울증세도
늘 겪는 그것은 아니더라
두 번 다시
할 수 있는 일
두 번 다시 겪을 수 있는
마음 같은 건 없다
없다고 두 번 다시 쓴다
나도 어제의 그 인간이 아니다
오늘 처음 겪는 낯선 인류다
누구냐고 물어보려다 참는다
모르면서 살자

그 여름의 後記

깨다말다 하는 꿈자리에
못내 사랑스러운 잡꽃이 무성하다
좀 허름하게 웃고 싶었지만 나는
아무도 모르게 울고 있었을 것이다
하늘엔 구름, 구름 뒤에도 하늘
하늘 뒤에도 하늘
시가 있어서 평화롭고
시가 없어도 평화롭고
음악이 없어도 아무렇지 않은 시간이
내게 와서 팔랑거리며 놀자고 한다
이 세상의 하루
아니 놀고는 못배기리라

텅 빈 채로

아무도 궁금해하지 않는 나를
쓰고 있는 밤이면 시는 나도 모르게
숭고해진다
행간에 나를 집어넣어 봐도
시 속에 나는 없고 있는 것은
내 허영의 그림자뿐이다
그런 줄 알면서 또 한 줄
시를 작성하는 것은 시간과의 악수
없는 영원과 지나가는 영원 사이를 넘는
줄넘기인지도 모르겠다
내 삶이 헛것임에 감사하듯이
빈 집에 들어왔다 빈손으로 나가는 바람처럼
나도 그렇게 없는 나로 살다 갈 것이다
텅 빈 채로

어느 날 잠에서 깨어

어느 날
잠에서 깬 나는
거실에 앉아 불암산 헬기장을
바라보고 있는 중이었다
자주 있는 일은 아니지만
거기서 우리 아파트 25층을 굽어보며
손을 흔들어보던 날도 있었다
물론 마음으로만 그랬다
거실로 나온 집사람이 물을 마시고
나처럼 불암산 全景을 응시했다
집사람에게 말했다

나: 나는 가짜가 아닐까?
집: (웃으면서) 세상에 진짜가 어딨어요.
나: 그런가? 그렇지.
집: 나도 짜가지요.

디카페인 같은

오랜 여사친의 말이다
제발, 남의 시 읽고 감동하는
그 문학사적 습관 좀 버리세요
아셨지요?

약속해요, 우리
지가 쓴 시나 똑바로 감동하십시다
떼로 몰려가지 맙시다
아무도 읽어주지 않는 시만 오롯한
시라고 나한테 늘 떠드셨잖아요
내가 당신에게 무상으로 드립커피를
쏘는 까닭이 있다면
시를 쓰고 난 뒤
시에서 이미 발라버린 진짜
시를 찾아 상계동 골목을 떠다니는
당신의 디카페인 같은 집착심을 정말은
집착하기 때문이라오

비수기의 시

黃東奎 선생이
망초꽃을 들고 웃는다
웃다가 만 저 웃음

망초꽃이 웃는다고 쓴다는 게
잘못 썼지만 그냥 둔다
매화꽃이었는지도 모른다
나팔꽃이었는지도 모른다
종이컵이었을 수도 있다

내가 쓴 문장 뒤로 돌아가서
커피를 마시고 어제 만났던 사람 회상한다
어제는 만난 사람이 없다
예술원 준회원처럼 웃다가 만다
그럼 그렇지
나는 시인처럼 책상에 앉아서
쓰지 않아도 되는 시를 또 쓴다

시여, 날아보자

구식 창법으로
개떡 같은 시 한 줄 썼다
개똥맛이다
그도 맛들이면 중독
당신도 읽지 않고 나도 읽지 않을 시
그게 바로 내 시의 꿈이다
나의 시론이야
날아보자, 시여
시대착각적으로 한번만
팔짝

여름, 여름

칠월 하순의 햇살이 창가에서
창백하게 부서져 내린다
내 노래를 대신 부르고 있는
그대는 누구인가
아직 대표작이 없는 나의 노래에
흰 햇살이 피어난다
어제는 비 그제도 비
비 사이로 흐르던 음악은 음악이면서
철학이었다 철없는 학문
내가 가보지 못한 마을의 언어
나는 이제 시를 신용하지 않는다
그래서 시만 쓴다
나를 믿을 수 없는 문학이 다이소
매장에 질서 있게 널려 있다
오늘은 칠월 며칠
사랑한다 그렇게 말하고 싶다
그게 누군지 모르면서 깨어난 여름 아침
천장을 향해 손을 뻗어본다

두 눈 꾹 감고

시집 교정지를 앞에 놓고
한심해진다 한없는 또는 앞이 없는
이런 망망대해는 어디서 시작되는가
소시민이다가 시집 납품업자이다가
은퇴자이다가 표절가이다가
지방 오일장 파장 무렵이다가
실패한 사랑이다가
쪽팔린 대통령이다가
가짜 시독자이다가
대체 나는 무엇에 환장하고 있는가
내 시에는 그런 게 빠져 있다
나의 관념이 제정신 차리기 전에
얼른 교정을 마쳐야 한다
두 눈 꾹 감고

상수리나무에 걸린 시

금요일 오전
불암산 정암사 옆 산길을 걸었다
걸었다 걸었다 계속 걸었다
때마침 조회중인 까마귀 부대와 마주침
빙그레 미소 흘리며 지나감
오십대 남자가 올라오면서 큰소리로 전화
슨상님 거기 좋나게 좋아요
사내의 표준어법이 나름 싱싱해서
속으로 그의 행운을 빌어준다
오늘 하루 행복하시기를!
올라갔던 길을 밟고 돌아오다가
바위에 걸터앉아 시 한 줄 썼다
상수리나무 가지에 걸린
뜬금없는 문장이지만 이거
시 맞겠지?

이 한 줄

칠십이야
그래서? 그렇다기보다 이제쯤
회고를 시작해야 하지 않을까?
누구에게 묻는 거야?
묻는다기보다 생각을 굴려보는 거지
어디서부터 무엇을 회고할 것인가
무엇을 삭제할 것인가
그게 더 난잡하겠다
맨정신으로 생각하자면 추억할 것도
삭제할 거리도 없는 거다
역사란? 모르겠다 몰라서 즐거운 건 이것 말고 더 없다
철학이란? 역시 모르겠다 모른다고 달라지지 않는다네
내가 끄적댄 시에 대해서는 한 마디
내 시집 싸그리 모아 태워주소
그 일로 수고할 사람이 없겠지, 그럼
직업 알바에게 부탁해주길
팁은 남겨 두겠다 부탁
알바도 구해지지 않는다면 불행하게도
본의 아니게 내 시는 남아서 떠돌 것인데
내 뜻이 아님도 각주로 달아두겠다

밤에는 불 끄고 베토벤 피아노 협주곡을 듣는다
이건 추억의 목록에 들지 않는다

몇 번이었드라? 전에는 기억했는데
지금은 기억에서 달아나고 없다
할 수 없는 일이다
나는 잘 살았구나
허공을 허공으로 살아냈다는 거
분리수거할 찌꺼기 없이 살아냈다는 거
자, 축
이런 끝에 내린 마감말은
회고할 게 있어도 설령 회고하지 말자
이 한 줄

눈앞

눈앞만 보자
그러고 산다 그러며 산다
사는 일에 방법은 없다
시쓰기에 방법이 없는 거랑 같다
깨놓고 쓴다
이젠 무슨 말을 해도 옳고
무슨 생각을 해도 빗나간다
맞는 것도 맞는 게 아니고
엇난 것도 엇난 게 아니라는 말이다
이 말 같지 않은 문장을 살아간다
지나간 일은 지나가면서 애도
웃으면서 손 흔들어주자
굿바이 아듀 안녕
다시는 내 앞에 오지 마라
그런 인사

일단

오늘 행복하자
시장통 입구의 표어 같은 문장
하나 더 팔기 위해 시장에 나와 있는
그 사람들이 철학자
그네들이 언제나 시인이다
정신차리자
시는 인공지능에게 부탁하고
나가서 놀자
인공지능이 내 생각을 다 쓰지 못한다고?
그럼 그건 인공지능이 아니겠지
양치를 하고 오늘의 운세를 맞춰보고
일단
오늘은 행복하기로 한다

문장도 이사 다니나 봐

폴 오스터의 산문을 읽다가 멈춘 대목
생각이 올라와서 다시 찾아본다
책장을 홀홀 넘기면서 찾는데
얼른 찾아지지를 않는다 대박
거의 항상 이러는 편이지만
항상 항상은 아니다
쉬었다 다시 찾아봐야겠다
이것도 일이다
며칠 후
드디어 찾아냈지만 그 문장이 깃든 곳은
폴 오스터가 아니라 제프 다이어였다
식은 손으로 얼굴을 문지르면서
싱거운 독백
문장도 이사 다니나 봐
이책 저책으로

좀 다른 사람

좀 다른 시를 써야지 그러면서
쓰고 나면 다르기는커녕 그밥에 그나물이다
측은지심으로 읽다보면
다른 느낌이 올라오기도 한다
나도 모르게 내가 변했다는 말도 된다
고원을 생각하고
북극을 꿈꾸기도 한다
거기가 어딘지 초점이 잡히지 않아도
그런 생각할 때 나는 좀 다른 사람이 된다

(요즘 내 시가 왜 이럴까?
나이 탓인가?
본래 그런 조짐이 있었던가?
시가 트롯풍으로 흘러간다
보수의 길을 걷고 있다
여기서 보수란 아무나 꽥꽥 읽고
아무렇게나 이해할 수 있다는 정도
다 읽고 나서 대개 하는 독후감 있다
이게 시야, 뭐야?)

특보

이슬비다
정신없이 쏟아지던 소낙비는 뚝 멈추고
이슬비가 아다지오 걸음으로
불암산 뒷면을 아득히 적시고 있다
초여름비 그 뒤는 말줄임표
저 풍경을 한눈으로 개관하면서
살아있다는 소식을 전할 데가 없으니
이렇게 낙서한다
이런 날이 있었네, 그러면서
어느 훗날 읽어볼 것이다

그러나, 그렇다

오늘은 금요일
별가람역에 내려서 놀다가 왔다
아무 계획 없다
어떤 계획도 없는 출구로 나왔다
대가리가 날아간 듯한 시원함!
길공원에서 삼각김밥을 먹고 생수를 마셨다
비둘기들이 모여들었는데 줄 게 없어
너희들에겐 아무것도 주지 않았다
나는 생래적 비관주의자인가 봐
아직도 삶이 무겁지만 전철에서
보는 눈 없을 때 내 삶을 덜렁
들어봤더니 가볍다
아주 가벼워졌다 날아갔던 대가리
놀라서 제자리로 돌아온 듯
나도 사랑을 좀 키우고 싶다
박애와 연민, 그런 거
끝내 어렵겠지
그러나

노인

나는 노인
뭐라고? 내가?
그럴 리가 없는데, 내가 노인이라?
노인은 더 이상 사람이 아니라는 뜻!
웃자 한번 더 조용히 웃자
어쩌다 여기 도착했지?
노인은 바람 지워진 들판에 선 나무
입술자국 묻은 찻잔
심이 부러진 몽당연필
잘됐군 잘됐어
희미한 전등을 끄면서
아무렇지 않은 척 잠을 부른다
잠보다 먼 잠 속으로 들어서다가 잠깐,
이 말만은 해야겠다
하고 싶었던 말이 주인보다 먼저
사라지는 밤이다

그게 나다

천둥소리에 잠이 깼다
푹 잠들지 못하고 잠의 입구에서 서성거렸다
천둥은 한번 두번 세번 계속 크게
크게 울렸다 번개도 쳤다 입체적이고
극적인 밤이다
소리만으로 본다면 잠실 쪽이 아작이 났을 거다
느낌은 그랬지만 사실과는 거리가 멀다
시계를 보니 세 시 이십오 분
이 시간에 천둥은 잠도 자지 않나
돌아누웠다가 다시 돌아누우며 천둥소리 사이로
들려오는 빗소리를 골라 듣는다 만져본다
손에 묻어나는 빗소리를 베개에 닦는다
베개에서도 빗방울 듣는 소리가 나겠지
연구실에서 비오는 날을 내다보는 맛도 좋았는데
나는 이제 교수가 아니다 퇴직했다
강의도 없고 연구실도 없다 그저 내 작은방에서
책 몇 권과 같이 빗소리를 들으며 산다
이제 시는 더 쓰지 않아도 될 것 같다
어제까지의 결론이다
그런데 또 쓰고 있다

그저 쓴다

아무도 읽어주지 않을 시만 골라 쓴다

이것도 기술이라면 큰 기술이다

텅 빈 강의실에서 혼자 열나게 강의하고 있는

교수가 있다 그게 나다

어쩔 수 없어서 어쩔 수 없는 사람

그게 나다

안 써도 그만인 시를 쓰는 사람

삼송역 4번 출구라고 해두자

2번 출구도 괜찮다

거기서 레몽 크노 씨를 만났다

처음 보는 사람이다

그가 먼저 아는 체를 하면서

시인이 아니냐고 물어왔다

이럴 때 나는 말문이 막힌다

시인 같기도 하고 아닌 것 같기도 한

이 지점에서 엉엉 울고 싶구나

이런 질문은 삼가 달라

어찌 날 아느냐고 되물었더니

안 써도 그만인 시를 쓰는 사람

그 정도까지는 안다고 그가 말했다

건투를 빈다고도 했다

또, 봅시다 그렇게 말했는데

그는 사라지고 없다

초가을비 오다가 멈춘 별내별가람역

1번 출구라고 임시저장 해두자

3번 출구라도 달라질 건 없다

독자의 침묵

반바지를 입고 동네를 어슬렁거린다
아는 사람도 없고 인사하는 사람도 없으니
새삼스런 표정을 만들 필요가 없다
정부가 붙여준 경호원도 없으니 걸음이 단출하다

커피가게 앞에 줄을 서서
처서 무렵의 아이스커피를 기다린다
내게 자리를 양보하는 사람도 없고
내게 사진을 찍자고 청하는 사람도 없다
나를 좇는 유투버도 없고 확성기를 든
시위대도 없다 빌어먹을,

그걸 시라고 쓰느냐
독자를 우롱하지 마라 우롱하지 마라
그렇게 고래고래 미친 듯이 떠들어주는
성난 독자의 마이크는 하나도 없다
다들 어디로 갔을까

커피를 손에 들고 홀짝거리며
동네 뒷골목을 걷고 또 걷는다

웃어야 할지 울어야 할지
김밥집을 지나고 치킨집 앞을 지나갈 때
주인남이 뛰어나와 말한다

저번에 드신 술값계산이 잘못되었습니다
비서가 있다면 얼른 세금으로 계산했겠지
시인에게, 이건 무슨 개망신이야
세상은 공평하지 않아
공정하지도 않아
친절하지도 않아

시인들은 그저 시를 쓸 뿐이다
동네 카페에 모여 시를 읽고
시집을 인쇄하면 그만이다
한 줌 독자를 모아놓고 떠들어대면서
하품을 하면 된다

절필하고 문학을 떠나라 떠나라
불같이 외쳐줄 시위대는 왜 내 앞에 없는가
그들은 지금 어디에 있을까

불쌍한 사람들한테 몰려가지 말고
내 아파트 앞으로 오라
그걸 시라고 쓰느냐 독자를 모욕하지 마라
내가 대신 문장을 만들어주겠다
당신의 구식 창법은 사양한다 정말 지겹다
서정시 같은 소리 하지 마라

지나가는 강아지가 웃는다
방구석에서 이불 쓰고 혼자 중얼거려라
그 흔한 노벨상도 못 타면서 시는 무슨 시냐

동네를 한 바퀴 다 돌아오도록
나를 질타하고 규탄하는 독자를 만나지 못한 건
모두 내 탓이겠지만
사정이 이러하니 시의 민주화 같은 건 멀다
몇몇이 둘러앉아 서로 물고 빨면서
시보다 더 어려운 비평을 하는 시인들
낡은 지식과 구식 혁명론의 지시를 받으며
개똥같은 시를 쓰면서 살아간다

그러나 나는 알지
독자들이 포기한 분노와 조용한 침묵을
시와 문학을 던져버린 그들의 복수심을 안다
돌아가서 또 시를 쓰자
분개하는 독자의 침묵에 저항하는
시를 써야 한다
세상에 없는, 결단코 있을 수 없는 시를 써야 한다
읽고 나면 두 눈이 멀어버리는 시
눈앞이 캄캄해지거나 미래를 개관해버릴 쩌는
시만 써야겠지 오직 그런 시만

남 걱정할 때가 아니다

소설 같지 않은
소설을 읽으며
시 같지 않은
시를 쓰며 산다
그게 황당해서
문학은 접었다고
경쾌하게 혀를 차는
문예인도 있지만
현실이 개판인데
문학이 고상하다면
그도 황당스런 노릇이다
저런 문예인만 개종해도
한국문학이 십 년은
더 나아갔을 것이다
십 년이 뭐야

모자 쓴 사람

모자 쓴 사람은 늙은이다
그거 무슨 편견이람?
난 그렇게 생각한다 수정할 생각이 없다
모자는 젊은이도 쓰고 애들도 쓴다
당신 생각은 틀려먹었다 민주주의에도
무엇에도 도움이 안 되는 반동적 발상이다
반동적이라는 말이 잘못 쓴 모자 같다
나는 내 편견을 고칠 의사가 없다
당신도 가끔 모자를 쓰지 않는가
나도 늙어서 모자로 가릴 것들이 생겼다
못말리겠다 시도 그렇게 쓰시나?
그렇다

중요한 얘기는 아니지만

누구나 그렇겠지만
시랍시고 써서 어디다 뒀는데
어디 갔는지 결국 찾지 못할 때
그럴 때 누구나 그렇겠지만
생각을 굴려 다시 시를 쓰게 된다
새로 쓴 시는 먼저 쓴 시와
같지도 않고 비슷하지도 않다
기억은 이가 맞지 않는다
오늘도 그런 날이다
우중 산책길이라 머리통 속에다
몇 줄 끄적거려 놓는다
빗물에 젖는다면 헛일이다
조심하자

시인의 말

시를 읽다가 존다
졸다가 다시 시를 읽는다
시는 시다 가을은
담장 너머에서 일렁거린다
나는 가을
따지고 보자면 너도 가을
우리는 다 가을 그렇지만
가을 속으로는 들어가지 못하고
무보정의 가을 밖에서 빌빌거린다
어제 마신 커피
오늘 마신 커피의 합은
역시 커피다 커피는 커피
나한테 잘해줘서 고마워
이런 작별인사
인구 오만 명이 사는 동네로
이사 가고 싶다 거기서
시를 쓰면서 역시 졸고 싶다
시를 쓸 때마다 졸려요
다음 시집에 써먹고 싶은
시인의 말이다

좋아요

하늘이 푸르다
어떤 말로도 저 푸름을 다
담아낼 수 없다
말의 한계
다 아는 얘기
말없이는 아무것도 할 수 없다
이것이 인간의 한계다
오늘 같은 날 하루
말은 지우고
말의 바깥에서 만나자
감사합니다
좋아요
한번만 눌러주세요

세상의 모든 슬픔

세상의 모든 음악을
듣는 저녁이 있다 파헬벨의
캐논 변주곡이 흘러가고
내 몸에선 누수처럼
일생이 새어나간다

음악이 건드려놓고 지나간 자리
거기에 손을 댄다
희미하게 확인되는 것을 딱히
무어라 이름붙이기 난감하다
어떤 악보에도 끼어보지 못하고
어둠 속으로 사라지면서
내게만 분명해지는 이런
저녁의 푸르스름한
불꽃

러닝타임

세계에서 가장 긴 영화가 될 예정인 영화는 스웨덴의 앤더스 위베르그의 앰비언스로 러닝타임은 720시간, 약30일이다. 예고편만 72시간 (2020년 개봉 예정)
정지돈의 『영화와 시』 72쪽 각주를 읽는다. 음,
그렇군

나의 다큐는 러닝타임 70년
예고편만 7년쯤
현재 상영중
이렇게 써놓고 가만히 웃는다
재미있다, 나 혼자

추분

라디오를 끄지 않고 집을 나와
강릉대도호부 앞을 걸어간다
좋은 날이 올지도 모른다
실패하고 싶어도 이미 실패했기에
더는 실패할 수 없다는 점사를 읽었다
그렇다면?

그렇다면 실패한 채로 살자
웹소설의 남주처럼 씩씩하게
황당하게 살아보자
이론적으로 생각하는 버릇을 고칠 것
설명이나 분석처럼 지저분한 말에
속지 말 것
(입에 담을 수 없는 막말을 썼다가
욕을 하면서 막말을 지운 자리)

오늘은 추분
운명과 기상뉴스 중 어느 것이 맞는지
가늠해 보는 날이다

죽은 듯이

가을은 아무 짓 하지 않고도
가을이다 숨만 쉬어도
가을이다 카톡 한 줄 쓰지 않고도
가을이다 관악기가 지나간 몸에도
가을은 새겨진다 가을엔 숨만 쉬자
도를 아느냐고 묻는 여자에게
내가 도사라고 말해줬더니 그녀는
일행을 돌아보며 초가을처럼 웃었다
가을엔 편지를 쓰는 시늉을 하면서
살아도 되겠다 시늉만 하자
물론 잘 계시겠지요
나에게 전화하지 마시오
나는 이제 전화받지 않습니다
카톡방에 느낌표 서너 개 남겨 놓는다
심오하고 심각한 얘기는 지겹다
가을엔 몸도 버리고 맘도 버리고
죽은 듯이 살아있겠다 진짜
죽은 듯이

잊혀진 시인

69년 만에 백마고지 꼭대기에서
발굴된 국군
이등병 유해를 본다
다시 본다
계급장, 탄약류, 구멍난 철모, 만년필,
숟가락, 외로움이 함께 발견되었다
마지막까지 유지한 사격 자세
에서 무언가 분명해진다
군인정신, 민족비극, 애국심
이런 거 말고

메뚜기도 한철

그는 바닷가 실버타운에서
소설을 쓰면서 여생을 살고 있다.
어떤 소설인지 궁금하지 않지만
소설의 여생을 살고 있으니 부럽지 아니한가
그런 삶의 형식이 소설이다.

샤뮤엘 베케트가 생의 마지막 나날을
요양원에서 보냈듯이. 그가 쓴 희곡의 인물들처럼
살아갔듯이. 우리는 각자가 쓰는 소설의
주인공이다.

오늘은 몇 페이지 쓸 차례지?

근황

누가 안부를 묻는다
실은 묻는 사람 없다
자작극이다
누가 안부를 물어주었다는 듯이
진지하게 대답해보겠다
요즘 어떻게 지내세요?
그럭저럭 삽니다
이 말은 도사티가 난다
멋을 좀 부리면서 대답하자
말도 윤기가 있으면 좋더라
멍 때리고 있습니다요 멍상!
멍청하게 앉아서 지나간 날들을
기다리면서 망망대해의
일엽편주처럼

기준을 만들지 말자

자다가 깨니
새벽이다 지금 몇 시지?
정신이 초롱하다 그렇다면
혁명을 해야겠다 늦었다고?
혁명은 철지난 노래라고?
다시 누워 남은 잠이나 자자
잠들기 전에 문득 들어온 생각을 쓴다
기준을 만들지 말자
그것이 비극의 근원이야
몸속에 붙어있는 기준은 싹 몰아내자
에헤라 데야 덩더쿵
나는 맑게 잠든다 꿈도 없다
기준이 없는 하루 행복 만땅

문워크

허공의 평수가 넓어지는 가을
옛날시들을 찾아 읽으며 맑은
밤을 보냅니다요
잘 아시겠지만
나는 이제 낄 자리가 없습니다요
흐르다 멈춘 물소리에 섞이거니
키를 넘는 갈대 속에 끼어 모른 척 흔들리거나
길 떠나는 철새들 무리에 섞여 나도
모르는 곳으로 떠나기도 합니다요
안 읽어도 상관없는 시를 읽듯이
안 살아도 되는 하루를 살았습니다요
앞으로 가는 듯 하면서 자꾸 뒷걸음이 되는
문워크 같은 하루
지난 밤엔 등이 가려워 뒤척이다가
그냥 잠들었습니다요
손이 닿지 않는 자투리 슬픔을 토닥거리면서요

시집 뒷말

당신 같은 늙은이가 아직 대표작이 없다니!

*

문학이라는 픽션 안에서 요가를 하듯이, 요가 없이 요가를 꿈꾸듯이, 설명할 수 없는 나의 증상을 설명하면서, 하청업자처럼 키보드를 두드리고 있다. 아무 뜻 없음의 이 聖事.

*

아무도 당신의 시를 읽지 않는다.
그래도 쓰는가?
그래서 쓴다.

*

누구라면 쓰지 않았을 법한 내용만 골라서
시를 쓰고 있다는 기분이 들 때가 있다.
처연하다.

*

엄인호의 신촌블루스에 블루스가 없다고?

(그렇다면, 그게 진짜 블루스가 아니겠는가)

*

나는 언젠가, 지금은 아니지만, 지금도 약간 그렇지만 심각하지는 않지만 미미하게, 시를 많이 썼다는 사실에 대해 후회할 것이다. 그럴려고 한다. 크게 후회하기 위해서는 더 많이 써야 할 것이다. 시에 대한 정론이 있던가? 문학이 문학이기 위해서는 문학을 배신해야 한다. 그게 문학의 본능이다. 그러니 누군가 읽고 시가 좋다고 말해줬을 때 오싹하는 소름을 느껴야 한다. 내가 이렇게 실패하고 있구나. 이런 자각이 무뎌지면 끝이다. 평론가의 말이나 문학상 심사평 같은 것에 휘둘리는 경우도 그렇다. (시가 좋다고 했더니 진짜인 줄 아는 시인)

후회할 줄 알면서, 후회하기 위해 시를 쓴다. 그럴 작심은 아니어도 그렇게 되어 간다. 왜 이렇게 많이 두드려댔지. 그래야 할 이유가 있었던가. 시대와 나 자신을 일치시키지도 못했고, 시대와 다투지도 않았다. 그땐 그랬다. 지금? 지금은 더 그렇다. 미학적 지향이 있었던가? 미학? 미학 같은 소리. 하루 벌어 하루 입에 풀칠하기 바쁜 하루살이처럼 살았던 거지. 하루살이에게 미학은 사치다. 한국시에는 위의의 계보는 있었겠으나 미학의 계보는 없다. 여기 써놓고 내 눈치를 본다. 단정하는 문장은 반론에 직면하기 쉽다. 미학의 계보는 없다기보다 극미하다고 퉁친다.

 내 시는 위의도 미학도 아닌 채로 시의 곁길을 걸어왔다. 아웃사이더, 변방, 변두리, 주변부, 비주류, 방외와 같은 말들이 충분히 가리키지 못하는 어떤 공간에 나의 시는 근거한다. 네, 그렇습니다. 이렇게 충분히 긍정하지 못하고 남아도는 여분이 내 시의 발원지라고 본다. 사정이 이러하매, 나는 문인상경(文人相輕)의 시장판 변두리를 어슬렁댄다. 언어에 들어있는 의미를 발려내고 그 빈 자리에 다른 걸 집어넣는다. 그 작업이 시쓰기가 될 터이다. 시는 다른 질서를 꿈꾼다. 흔한 말로는 혁명이다. 멋진 말이다. 혁명은 실패의 이음동의어다. 여기까지 쓰고 요즘은 근황이 없는 강시인(가명)과 나눈 말을 여담으로 두드려둔다.

 강: 칠십에도 논어를 읽으시나?
 나: 논어의 교열을 볼 때지.

*

 누군가에게 쓴 편지
 그것은 이두문자로 쓰여졌다
 추신은 외계어다
 편지는 지금도 가는 중이다

*

한용운, 윤동주, 이상이 아마츄어라고요?

이해가 꽉꽉 가는군요. 기타 문인들은 다 문창과 학생이 되겠지요.

*

아침 여섯 시. 24°C. 습도 80%. 미세먼지 좋음. 바람은 없음. 나는 책상 위 데스크탑에 전원을 넣고 화면이 떠오르기를 기다린다. 미지의 순간을 기다린다. 기다린다는 건 일단 구식이다. 나는 만년 단역 같은 늙은 배우다. 무엇을 기다리는가? 나도 모르는 무엇이다. 기다려도 오지 않는 것을 기다린다. 겉멋인가? 기다림 뒤에 아무것도 없음을 기다린다고 해두자. 손가락으로 책상을 톡톡 두드린다. 기다림 저 너머에 있는 미지를 앞당기려는 개인적인 주술이다. 이 문장의 구석까지 읽을 독자가 없을 것이기에 말해둔다. 나는 말이지 시를 말이지 기다리지 않는다. 시보다 앞서 가거나 아예 시를 먼저 보내고 늙은이의 걸음새로 천천히 뒤좇아간다. 너무 이르거나 너무 때늦은 시를 쓰게 된다. 인연이다.

*

시가 있다기보다 각자의 시가 있는 게 아니던가요.

*

당신 같은 늙은 나이에 아직 대표작이 없다니.
이거 기적의 하위버전 아닌가?

*

글쓰기는 일종의 개인 전시회다(DFW).
손님이 없다는 사실만 제외하면 전시회는 늘 장날이다.

*

내가 지나온 밤과 꿈과
그리고 셀 수 없는 많은 다른 밤들

*

인사를 하기 싫어서 28년간 시각장애인인 척 살아왔다는
스페인 마드리드의 어떤 여성에 관한 틱톡 한 컷. 나이 들어
좋은 점은 고개 숙일 일이 없다던 노시인의 말씀. 그런데 내
고개는 나이 들수록 왜 좌우로 끄덕거리는 거야.

*

내가 그대를 어떻게 알겠소.
이해한다는 말은 삼가며 삽시다.
우리는 각자 서로의 증상일 뿐이랍니다.

*

그만 쓰고 싶은데
아무도 말리지 않아서
할 수 없이 그냥 쓰고 있다

*

70 이후에도 시를 쓸 수 있을까. 당근. 그때는 시인은 아니
겠지. 푸념이나 잠꼬대, 노인의 방귀소리 같은 시를 쓰겠지. 긴
장도 할 말도 새로움도 없다고 말하겠지들. 나는 꼭 그런 시를
쓸 거다. 혼자 끓여 먹는 라면처럼 나만 읽기 위한 시. 드디어
나에게 도착하는 시.

69세는 문학평론가 홍정선이 죽은 나이
70세는 시인 김영태가 죽은 나이
75세는 시인 이승훈이 죽은 나이
77세는 소설가 황석영이 『철도원 삼대』를 쓰는 나이
82세는 시인 황동규가 『오늘 하루만이라도』를 런칭하는 나
이다
70세는 내가 일흔이 되는 나이다

*

톨스토이의 대표작은 『부활』이나 『안나 카레니나』가 꼽힌다.
내 생각은 좀 다르다.
그의 만년 대표작은 82세에 실행한 가출이다.
나도 그런 대작을 꿈꾼다.
동해안 어느 간이역에서
간이로 숨 쉬면서
파도소리 들으며 잠드는 거.

*

"밀란 쿤데라는 체코슬로바키아에서 태어났다. 1975년에
프랑스에 정착했다." 이것이 저자가 자신의 책에 넣도록 제안
한 유일한 저자 소개글이다. 모든 전기 작가에게 보내는 코웃
음처럼 울린다. (아리안 슈맹, 김병욱 옮김, 『밀란 쿤데라를 찾
아서』, 뮤진트리, 2022, 23쪽)

*

문예인들은 왜 파업을 하지 않는가.

*

신석기시대 같은 불면의 밤을 보내고
낯선 아침을 켠다. 칠순 올림.

*

대학원 박사 지도교수가 전화했다.

자네, 논문 서론을 다시 작성해야겠어. 논리의 비약이 심한 곳이 여럿 발견되었다네. 시쓰는 사람이라고 해도 그렇지. 공부 좀 더 해야겠어. 이따 내 연구실로 오게. 사범대 2층으로 와.

네.

*

시를 쓰는 일과 마당을 쓰는 일은 다르지 않다.

미루어 짐작하면 답을 알게 된다.

*

하루를 버티지 못할 시를

이틀에 걸쳐 쓴다

회계가 맞지 않는 일이다

이게 나의 업이라고 착각하면서

*

전기를 쓰면서 할 수 있는 유일한 변명은, 그가 누구인가를
이야기 하는 데 실패함으로써 우리가 누구인가를 찾도록 만
든다는 것이다. (미셸 슈나이더, 이창실 옮김, 『글렌 굴드, 피
아노 솔로』, 동문선, 2007, 191쪽) 이 책 속표지에는 흘림체 연
필 글씨가 있다. 2019. 2. 17. 장가계 닭우는 소리. 가벼운 눈발.
미열 같은. 홍정선 교수. 연세대 국문과 박사학생 중국인 루
링.

*

인생 뭐 있어,
그럴 때마다 삶은 선명해진다. 서글픈 反轉.

*

깨다말다 하는 늦여름밤의 꿈
손으로 만져본다. 많이 식었군.

*

　"나는 시 같은 건 읽을 필요가 없다고 생각하는 사람이다. 시 쓰는 사람들의 문자적 착각을 왜 읽어야 하겠는가. 인생은 짧고 세월은 바쁘다. 남의 발화연습에 눈을 줄 만큼 세상은 한가롭지 않다. 내가 가진 주식의 시세를 주목하는 것만으로도 바쁘고 긴장된다. 인생에는 그 이상의 무엇이 있다고 보지 않는다. 그런 나에게도 박세현의 시는 좀 다르다. 문학상 수상작도 아니고 서점 동네에서 읽히는 시도 아니다. 박세현 시인이 누군데요? 이런 독자만 만나지 않으면 당신은 괜찮은 사람이다. 얼른 장바구니에 담고 결제하세요. 내 말을 믿어보세요."__장미섭(독자)

*

　시를 쓰면서 여기까지 왔다. 어디?
　자신에게 묻지만 묻는 나와 대답하는 나는 다른 주체다.
　시를 못 써서 우울한 것이 아니라 시가 싫어지는 것이 나의 우울증이다. 그동안 나는 열심히 썼다. 수고 많았다. 시밖에 없는 척, 시가 최고인 척 떠들면서 살아왔다. 이제는 털어놓겠다. 내가 시를 숭상하는 것은 진정한 가장(假裝)과 기만이었다.
　내 시는 일회성, 일인용, 일과성(一過性) 꿈이었다.
　나의 시는 꾸었던 꿈 다시 꾸는 자판 연습이다.

*

돌아가신 시인 이승훈 선생이 트위터에 댓글을 남겼다.
이렇게 비 뿌리는 늦봄 저녁엔 무얼 하시는가.

*

골목길에서 박스를 줍고 있는 노인을 지나왔다.
모든 인류애여 부디 엿먹어라.
남의 시를 필사하고 있는 시인 지망생도 엿먹어라.
감나무 잎사귀가 유독 윤이 나는 해다.

*

자기 미디어를 하나 갖는다는 정도다.
시를 쓴다는 것은.

*

군부대 장병 위문공연에서 노래를 부르며 자기 노래의 쓸모
없음을 자각하는 발라드 가수처럼 나는 그렇게 시를 쓰고 있
음이다. 군바리들은 쩍벌 그룹을 원할지 모르지만 21세기 시
독자들은 시인들에게 아무것도 원하지 않는다. 이 아찔한 공
평성.

올해부터는 좋은 시만 쓰기로 했다.

노원구에서 배회하는 아무개 씨(남, 70)를 찾습니다. 상의는 철지난 검정 재킷, 바지는 회색입니다. 머리는 80년대 스타일이고 안경은 쓸 때도 있고 잊어먹고 쓰지 않을 때도 있습니다. 생각은 자유로운 편이지만 이기적이고 외모는 많이 부족한 축에 속할 겁니다. 주로 사월과 오월의 행간을 서성거린 답니다. 이런 분을 보시면 그에게 커피 한 잔만 사주시면 사례하겠습니다.

나는, 강릉포남작은도서관 초대 명예관장직을 일 년 간 맡은 적이 있다. 그것을 나는 꽤 명예로운 직책으로 여긴다. 출근하거나 도서관 업무에 관여한 것은 아니고 한 달에 한 번 문학강의를 했다. 참석 인원은 열 명 아래였고, 대여섯 명일 때도 있었다. 나는 형광등 불빛의 도움으로 흘러간 옛노래를 부르는 가수의 심정으로 문학에 대해 떠들었다. 현실과 꿈의 관절이 어긋날 때마다 삐걱거리는 소리가 울렸다. 봄보다 일찍 피어서 나를 맞아주던 도서관 입구의 산수유를 잊을 수 없어서 이 문장을 작성한다.

*

    나라는 인간은 내가 쓴 종이책 행간을 어슬렁거리는 가공 인물이다. 종로3가 지하철역에서 환승통로를 찾으면서 지나간 생각이다. 지면 밖으로 나오면 나는 맹목이 되거나 가차 없이 무화(無化)된다.

*

    요새는 삼류시인이 좋아진다. 자기를 시인으로 아는 시인, 자기 시가 대단하다고 스스로 믿고 있는 시인이면 다 삼류다. 한국시가 삼류시인들에 의해 휘둘려왔다고 말하면 과한가? 과하다. 천천히 내 생각을 수정해나가겠다. 시간은 없지만.

*

    아무개 시인이 600쪽이 넘는 사진에세이집을 보내주었다. 입이 다물어지지 않는다. 봄날 오수를 즐길 때 목침으로 쓰라는 문장도 곁들여주었다. 나는 낮잠을 자지 않는다. 또, 십년 가까이 독일에서 유학하며 고단했을 시인의 시끄러운 영혼이 목침을 통해 내 머릿속으로 직행하는 것은 사양한다. 냄비받침이 제격인 문예지는 아니지만 그런 용도로도 활용해보겠다. 웃길려고 애쓴다고 말할 사람도 있겠으나 그렇게 생각하는 사람이야말로 웃기는 사람이다. 정색하지 말자. 어제는 안목바다가 사무쳐오는 남대천 하구에서 일제히 날아오르던 철새들에 섞여서 나는 허공으로 한참 날아올랐다. 그 이후는 아무것도 생각나지 않는다.

*

전용기에서 빈손을 흔드는 대통령이나 옆에서
덩달아 손을 휘젓는 그의 처나 동시다발로 시시해보인다.

*

내 시를 읽고 그게 그거 같다거나 저번 시집 반복 같다는
독후감을 접하면 괜히 뿌듯해진다. 보르헤스도 말했듯이 나
는 시에서 할 말이 몇 개 없다. 내 문자공사의 사정이 이렇게
단순하고 솔직하여라. 나는 내가 쓰고, 내가 읽는 자급자족
주의자다.

*

나는 아직 문단청년이다. 열은 있지만 어디로 갈지 몰라 허
둥지둥, 갈팡질팡 한다. 혼돈과 혼란 속에서 내가 보는 건 기
다려도 오지 않는 빛이다. 삶의 빛, 문학의 빛. 온갖 성찰과 정
답과 주장에 동의하지 않는다. 이게 내 문제이고 증상이다. 날
마다 패자부활전에 나간다. (중략) 오늘은 내가 나인 듯이 흘
러넘친다. 격랑 속에 떠밀리면서 나인 듯이, 내가 뭐라고, 그렇
게 중얼대면서 참아지지 않는 힘으로 살아 있음.

*

낙원상가 근처의 最低樂園.

*

　시는 각자의 자리에서 각자의 삶을 각자의 언어로 지저귀는 것이라는 생각. 시쓰기가 어렵다는 것은 삶이 아니라 시에 휘둘리기 때문이겠지. 주문하신 아아 나왔습니다. 카페 점원이 소리칠 때 나는 비로소 삶으로부터 호출 당한다.

*

　세상에 시가 넘쳐난다지만 지금 딱 읽을 시가 없다.
　그거시 내가 겪는 증상이다. 각자 절절할 뿐.

*

　어떤 시인이 근황을 물어왔다.
　남자들의 생이 묻어나는 남성중창단의 노래를 듣던 초밤이었다.
　문학은 망했으니 안심하고 시 열심히 쓰라는 답장을 보내고 폰을 껐다. 우쭐한 밤이었다.

*

　시집 한 권 읽는 것보다
　광장시장 구경하는 맛이 좋다
　저 많은 좌판과 저 많은 먹을 것과 저 많은 혀와
　저 많은 목구멍과 저 많은 숨구멍과 저 많은 땀구멍과
　저토록 근거 없이 흘러넘치는 아우성을 보고 있자면
　만져지지 않는 생의 어떤 지점이 마구 근지럽다.

구멍 숭숭한 시를 쓰고 점심을 먹음

그때 걸려온 전화

삼십 몇 년 전에 내 수업을 들었다는 여학생

반말도 온말도 아닌 어법으로 통화를 마치고

내가 먹은 밥그릇을 싹싹 문지르며 설거지를 한다

두 청년의 엄마로 살면서 갑자기 생각이 나서

연락하게 됐다는 사연도 맑은 물로 헹구었다

전화 건 50대 제자에게 말했다

군역(軍役) 나간 아들이 노모를 걱정하겠다고

*

한국문학은 하루아침에 달라진다. 앞줄에서 누가 '청기 올려 백기 내려'라는 사인을 준 것이 틀림없다. 문예지도 무능하고 무력하다. 출판사도 편집자도 무능하다. 독자마저 무력하다. 방법이 없다. 어떤 노랫말은 '내가 아는 건 살아가는 방법뿐'이라고 했다. 부럽다. 나는 사는 방법을 모르고 방법이 없다. 이런 시절에 시는 공허한 자판노동이고, 현실의 액션에 대한 부질없는 리액션이다. 전에는 내가 쓴 시 내가 읽는다고 썼는데 이젠 내가 쓴 시 나도 안 읽는다. 이것이 시를 향한 나의 무모한 돌진이다.

*

할말 다 하겠다는 기세로 비가 쏟아진다
빗소리듣기모임 임시 회원과 함께
왕복 8차선 도로변에서 편맥을 마신다
몸속으로 빠르게 흘러드는 빗물로
맥주보다 빠르게 취기가 오른다
취하다 말다 하는 사이로
지나간 꿈을 불러 새로 손을 본다
야만적으로 쏟아지는
비오는 날 삼송리
캔을 하나 더 마시고 속말을 한다
벌써 취했던가
나는 이 세상 사람이 아니야
이게 시냐, 막걸리냐°

°최승자

*

어제, 늦은 밤에 시 한 편을 썼다. 시 제목은 미정이다. 그게 시인지 아닌지는 모르겠다. 시라고 썼지만 시가 아닐 수도 있다. 시와 상관이 먼 정신적 분비물의 언어값일지도 모르겠다. 그게 나의 고민이다. 시는 언필칭 시다. 누가 시를 규정할 것인가. 학자나 평론가들의 이론적 담합에는 동의하지 않는다. 그런 태도야말로 수구반동이다. 일부 바람잡이들과 대중들이 시라고 부르면 시가 된다. **그러나,** 시를 시라고 규정하는 순간에 시는 시라는 기표로부터 벗어난다. 걸음아, 시 살려라. 시는 뺀질이다. 뺀질이의 팔을 비틀고 입을 틀어막을 재주가 내겐 없다. 누구에게도 없음. 자존감 낮은 미소를 흘리며, 뺀질이씨, 그렇게 부르며 키보드를 어루만지고 있다. 언젠가는 그대를 온전히 내 품에 안으리라. 이 불안한 희망으로 살아온 나날이여. 언제나 남의 품에 안겨 있는 그대여. 어쩌다 시인이여. 군말의 문법이여. 진정한 헛소리의 징징거림이여. 늘 엇나가는 애인 같은 시를 다독거리느라 소모한 생이여.

*

나, 죽으면 올래?
그럼요, 소복 한 벌만 사주세요.

*

언어 안에서 놀다가 언어 속으로 사라지자. 언어는 대상을 지시한다는 착각을 불러일으킨다. 그런 점에서 언어는 딱이다. 그렇지만, 그렇지만 그럼에도 불구하고 언어는 대상을 가리키는 척만 하는 사기극을 연출한다. 언어에 속지만 않아도 시인이 된다. 속지 않으려는 버팀이 시인이다.

언어에 묻어 있는, 시에 묻어 있는, 이론에 묻어 있는 관념의 때를 벗겨내야 한다. 아무것도 없는, 아무것도 아닌 공백의 상태에서 시작해야 한다. 인공지능이 시를 쓴다는 풍문이 들려온 지 오래다. 나는 인공지능의 시에 기대가 크다. 시인들의 고뇌를 대신해줄 것이라 믿기 때문이다. 인간의 고유한 정신 작용을 인공지능이 대신하는데 한계가 있다는 부정론도 인문학적 한계다. 다만, 기존의 시를 학습하여 시를 쓸 것이라는 인공지능의 시쓰기는 아쉽다. 새 술은 새 부대에 담아야겠는데 시쓰기의 지평 자체가 달라지는 마당에 과거의 시를 참조한다는 것은 출발이 잘못되었다. 인공지능이라면, 시는 새로 정의되어야 한다. 기존의 시와 시적 사유를 몰각시켜야 한다. 시인들의 발상에 독을 풀어야 한다. 그렇지 않다면 손빨래나 세탁기가 무엇이 다르단 뜻일까.

하여튼 뭔가 수상한 조짐들이 밀려오고 있다.

내 두 손으로 그것을 막아낼 힘은 없다. 나의 시쓰기는 밀려오는 힘에 저항하는 것이 아니라 도망치면서 적을 향해, 공포심을 벗어나기 위해 방향 없이 사격하는 일과 흡사하다. 그리하여, 대상이나 현실이 아니라 언어 뒷면으로 숨는다.

요약하면, 그냥 쓰는 것이다.
우리는 모두 이미 인공지능이다.

*

나는 벽촌에서 태어나
벽을 보고 자랐다 밤이면 개구리 울고
낮에 피었던 산속의 진달래가 마을로 내려와
개구리 등에 업히던 어린 날
나는 어둠과 바람을 만지며 잠들었다
이제 나는 아파트 벽 앞에서
커피를 마시며 시를 쓰는 사람이 되었다
내가 시를 쓰다니
시를 쓰는 사람이 되다니!
나도 놀란다
나만 놀란다
나에게 시의 첫줄을 가르쳐주고
함께 시공부를 했던 동인들을 여기 모아 적는다
물소리 바람소리 뻐꾸기 늙은 고욤나무
여름날의 천둥소리 매미울음 그리운 문우들이여
지금도 아련하신가들
강원도 명주군 왕산면 목계리 535번지
나는 지금도 옛집의 바람벽 앞에서
시를 쓰고 있다
내가 시를 쓰다니!

나만 놀라는 시를 쓰다니!

　내가 쓴 시인데 제목은 없다. 이 시에 제목을 줄 날이 있을
지 모르겠다. 자전적이고 고백적인 시다. 이 시가 자전적이 되
기 위해서는 여기에 포함되지 않은 기억들이 더 많이 타자되
어야 한다. 어떻게 써도 기억은 충분하게 복원되지 못한다. 기
억의 한계이자 언어의 한계다. 쓰는 주체의 한계라고 해야 정
직할 것이다. 자전적이라는 말은 근사치라는 뜻이 된다. 어떤
기억도 사실과 일치할 수는 없다. 그 불일치를 기억의 허구성
이라 불러두겠다. 그랬다기보다 그렇게 기억하고 싶은 소망이
기억을 구성하는 욕망이다. 이 시의 공간에는 더 충분했어야
할 세부들이 대거 생략되었다. 거칠게 편집된 단편영화에 해
당한다고 할까. 할머니, 어머니, 아버지, 여동생들도 등장해야
시는 완성된다. 등잔불, 소년한국일보, 지방행정과 세대라는
잡지, 트랜지스터 라디오도 써야 한다. 유년시절의 기억을 다
소환할 힘이 없어서 시는 미완으로 둔다. 제목도 달지 않고 두
기로 한다. 독자 제현의 너른 양해를 구한다. 이 부근에서 나
는 빙그레 웃는다. 그 동작이, 이제, 내가 할 수 있는 인간적인
작업이다.

*

다들 어디 가고 혼자 집에 남아

참선 연습을 한다

궁상을 가려보려는 훈련이다

눈을 감았다가 반쯤 열어놓고

허리를 곧추 펴면서 나는 누구인가, 이러고 있다

한심한 일이 아니겠는가

나를 찾는 이 정신적 가부좌 형식 말이다

나는 내가 아니라는 것을 안다

그저 하나의 배역임을 잘 안다

그런 배역에게 너는 누구냐고

사무치게 따져 묻는 것은 참다운 헛수고다

어제 카페 구석에 앉아 있던 그대가 나였던가

현금인출기에서 입금 없음을 확인하던 그대가 나였던가

논문 표절하던 교수가 나였던가

건널목 여자 훔쳐보던 그대가 나였던가

(잠시 쉬어 가자

한 줄 더 쉬어 가자)

자기를 자기가 아니라고 부정하는 그대가 나인가

그 누구도 아니지만 그 누군가의 종합편이었을

나를 위해 외롭게 총구를 겨누는 밤

*

언제 우리 꼭 다시 만나자
지킬 수 없기에 더 굳은 약속

*

제대한 대통령이 세금으로 지은 사저에서
지지자들에게 손을 흔들며 자신의 늙은 수염을
전시하고 있을 때,
근무 교대한 대통령은 출근길에 기자에게 말한다
뭐, 궁금한 거 있어? 물어봐, 아무거나
나는 그 시간에 아무도 읽지 않을 구시대의
유물 같은 시를 쓰고 있다
(모든 시대는 구시대다?)
AI가 학습하기에는 너무 거시기한
오직 나만을 위한 퍼포먼스다
나에게는 지지자도 없거니와 선전해줄 기자도 없다
나는 내 앞에 다가온 구시대를 달래고 있다

*

받지 않기를 바라면서 전화기 버튼을 누르고 싶은 상대가
한둘은 있을 것이다. 전화 걸 엄두는 나지 않지만 걸려오기
를 기다리는 전화도 있다. 내가 전화를 걸더라도 받지 마시길.
(왜 전화를 받고 그러세요!)

*

보르헤스, 소세키, 헤밍웨이, 하루키가 고양이를 안고 있다. 심지어 찰스 부코스키도 고양이를 안고 있다. 김소월이나 이태준, 박태원은 고양이가 없었을 것이다. 짐작이다. 나는 이들에 대한 다큐를 계획하고 있다. 현실성은 불투명하다. 가끔 우리 근대문학사가 불쌍할 때가 있다. 다큐는 이들 작가들의 거실에 앉아 그들에게 마이크를 주는 것이다. 아무 말씀이나 해주세요. 하루에 담배는 몇 갑을 피우는지. 삶이 지루할 때는 언제인지.

*

내 책에서 오자를 발견했다. 진지하다가 진진하다로 찍혀 있다. 사랑스러운 오자. 얼른 오자를 품에 껴안는다. 본 사람 없겠지. 오자가 나를 찾아온 이 아침에 나는 내 몸 전체가 일렁거린다. 오자만이 확대되어 요란스럽게 내 몸을 휘젓고 다닌다. 어쩐다는 방법이 없다. 통증 없는 통증. 내 책을 골똘히 읽을 독자가 없을 테니까 내 책의 오자는 나만의 문제가 된다. 오자는 나만의 증상이 되어 내 정신 어딘가를 계속 건드린다. 오자 생각이 날 때마다 나를 달래느라 나는 온몸으로 흔들린다.

*

나의 시쓰기는
소용없음에 대한 그리고
그것을 향한 무모한 집착심일 것.

*

헛소리는 언제나 참소리의 그늘을 밝힌다.
각종 개소리가 그렇듯이.

*

거리에서 전단지를 돌리는 청년들이 용케도 나를 피해 뒷
사람에게 전단지를 돌릴 때, 식당이나 카페에서 아버님이나
어르신이라는 소리를 들을 때 나는 이미 이 세상의 존재는 아
니었다. 그리고, 그리하여 아무도 나에게 전화하지 않았다. 나
는 유폐되었고 잊혀졌다. 나는 한때 문학교수였고, 시인이었
고, 책을 썼고, 생활인이었고, 가족이었고, 납세자였고, 애인
이었고, 슬픔이었고, 질투였고, 분노였다. 이젠 하나의 궁극이
다. 내가 할 수 있는 일은 없다. 하는 척 하는 일만 남았다. 숨
쉬는 척. 산책하는 척. 어르신인 척. 전화하는 척. 책 읽는 척.
시 쓰는 척. 죽었는데 죽음에 적응하지 못해 다시 돌아와 사
는 척 하며 살아 보겠다. 이것은 가설이지만 가설이 아니고,
현실이지만 현실 저 너머의 문제다.

*

　나는 어젯밤에 앞으로 인쇄할 두 권의 교정을 마쳤다. 시집과 산문집이다. 이렇다 할 게 없는 채로 또 책을 내려고 한다. 요즘 어떻게 지내? 그런 안부에 항용 듣게 되는 대답이 있다. 늘 그렇지 뭐. 그런 말에는 일말의 평화가 들어 있지만 글쓰기에는 평화가 깃들기 어렵다. 늘 그저 그런 시만 쓴다고 생각해보시라. 독자의 시선이 아니라 당사자의 시선일 때는 더 참기 어렵다. 절필이라는 출구가 있지만 그건 쓰기보다 더 힘든 쓰기일지도 모른다. 쓰려는 사람에게 글쓰기는 숨쉬기와 같다. 그렇지만, 그래서 어느 순간에는 시를 그만 써야겠다는 다짐 아닌 다짐을 하기도 한다. 그만 쓰는 게 좋겠다는 표현이 더 완곡하다. 이것은 번스타인이 50대에 들면서 연주가 자기 뜻대로 되는 것을 알아차리면서 연주가의 길을 접는 것과 유사하다(어디까지나 유사할 뿐).

　시가 손에 익었다는 느낌을 떨칠 수가 없다. 자기 브랜드를 만들어보지도 못했으면서, 이거 무슨 슬픈 손놀림인가. 내 말의 의도가 거기에 있는 것이 아니므로 너무 개의치 말자. 어떤 시행이 떠오르면 머릿속에서는 이미 타이핑이 진행된다. 실제로 시를 쓰는 시간은 불과 얼마 되지 않는 편이다. 시는 이렇게 쓰면 된다는 방식이 몸에 밴 것이다. 이건 아니다. 시가 손에 익다니. 이제 자판에서 손을 거두고 시에서 손을 떼도 된다는 신호다. 인접 예술의 경우에 대해서는 모르겠으나 시는 손에 익어서는 안 된다. 그것은 시에 대한 모독이자 시인의 수치다. 내가 아는 시는 언제나 손익음의 바깥에 있다. 하이데거의 존재론적 글쓰기, 라캉의 비정서법적 글쓰기, 이승훈의 영도의 시쓰기가 다 그런 지점을 가리키고 있는 게 아니던가.

*

노벨상을 받게 되었다는 말도 안 되는 꿈을 꾸었다.
수상은 사양하고 상금만 받겠다고 말한 건 그나마 잘한 일.

*

가을호 문예지 시인 특집란은 백지였다. 시인 명단은 인쇄되었는데 시는 없다. 원고계약을 했던 시인들이 파업에 돌입하면서 원고 게재 불가를 선언했기 때문이란다. 파업은 원고료를 주지 않고 떼어먹는 잡지에 대한 항의였다. 덕분에 독자들은 시가 없는 시 특집을 읽으면서 모처럼 시적인 가을을 보내게 되었다.

시인단체의 성명서가 게재되었고, 고료지급이 수상한 잡지와 편집자 이름도 공개되었다. 이례적이다. 한국잡지사에 기록될만한 사건이다. 개인적 이유로 파업에 동참하지 않은 몇명은 모른 척 하고 시를 실었다. 대체로 나이가 80대 이상이거나 쓰레기 같은 잡지로 등단 요식을 거친 듣보잡들이었다. 사실은, 그런데 이들의 시에서 원초적인 시의 증상들이 열나게 두드러지고 있음은 웬 뒤숭숭한 아이러니일까. 나는 아직 그것을 납득하지 못하고 있는 중이다.

*

기다려도 오지 않는 존재가 고도다. 기다리는 사람은 고도가 오지 않을 것을 안다. 매일 프랭크를 하듯이 고도를 기다린다. 없는 줄 알지만 그것 없이는 하루도 견디기 힘들다. 나의 고도는 한 줄의 시였던가. 그렇다. 아니다. 그렇다. 그렇다. 시에 무엇이 담겨 있다면 시를 기다리지는 않았을 것이다. 시는 텅 비어 있다. 그것이 내가 기다리는 시다. 시는 무엇을 증거하기 위해 쓰는 일이 아니다. 증거를 지우기 위해, 의미라는 관념에서 벗어나기 위한 수작업이다. 나의 고도, 나의 시, 나의 헛수고. 무모한 욕망의 형식. 나의 궁정풍 사랑.

*

7월 26일

어제 금천구청역 앞에서 나를 목격했다는 사람이 있다. 경진출판 앞 뷔페에서 나를 봤다는 목격담도 있다. 그보다 두어 시간 전, 전철 7호선 가산디지털역에서 환승해야 하는데 한 역 더 간 철산역에 내려서 되돌아오는 모습을 본 사람도 있다. 용산역에서 나를 보았다는 사람도 있다. 그건 사실일까? 사실이라기에는 너무 엉성하다. 심지어 서울역에서 4호선으로 환승하는 광경을 보았다고도 한다. 노원역에 내려서 긴 환승 통로를 걸어서 롯데백화점 8층 식당가 통로 의자에 앉아 있는 모습을 보았다는 증언도 나온다. 사실일까? 현실은 사실이 되기에는 너무 뻔하다는 장 보들리야르의 말이 떠오른다. 사실이 되기에는 아주 엉성하다는 말이 되겠지. 내가 용산역에 있었다는 현실보다 누군가에 의해 그렇게 말해진다는 사실이 삶이다. 내가 지금 자판을 두드리고 있는 현실은 중요하지 않을지도 모른다. 보는 사람이 없다. 살고 있지만 삶은 공란이 된다. 아무도 모르는 이 공란을 나는 열심히 채우고 있다. 무엇을 위해? 공란의 여백을 위해. 옆자리에 앉은 여자는 마스크를 낀 채로 계속 통화중이다. 내가 그녀의 수신자 같다. 하마터면 응답할 뻔 했다. 지금 가고 있어. 곧 도착해. 언니, 근데 그 여자 쌍욕을 하는 거 있지. 그런 사람과 어떻게 일 해. 내 앞에 서서 폰을 관하는 젊은 남자는 어느 오디션 프로에서 우승한 가수를 닮았다. 여보세요, 거기 누구 없소. 어둠은 늘 그렇게 벌써 깔려 있어 창문을 두드리는 달빛에 대답하듯 검어진 골목길에 그냥 한번 불러봤소 날 기억하는 사람들은 지금 모두 오늘 밤도 편안히들 주무시고 계시는지°. 그 가수일지도 모른다. 궁금증을 지긋이 누르면서 종편에서 봤던 가수가 틀림없을 것이라 단정했다. 그게 편하다. 나는 오늘 정말 용산역에 있었는가. 나의 배역을 대신했던 그 사람은 누구인가. 누구에게 물어보지?

°한영애

*

7월 28일

내 시가 자동번역기로 번역되길 바란 적이 있다. 그러면 좋을 것 같았다. 저렴한 기술로 개발된 번역기가 직설적으로 번역한 나의 시를 읽어보고 싶었다. 번역이 좋다, 나쁘다 혹은 잘 된 번역 덜 잘 된 번역에는 관심 없다. 번역은 번역이다. 번역으로 사라지는 것이 시라고들 말한다. 시가 가진 언어의 결과 온도, 미세한 떨림 같은 것을 반영하지 못하고 거칠게 번역된 내 시를 읽고 싶다. 시의 의미가 어떻게 뭉개졌는지 궁금하다. 불가피한 오역도 환영한다. 에드와르 뭉크(Edvard Munch)를 에드바르 먼치로, 알베르 카뮈(Albert Camus)를 알버트 카무스로,『무기여 잘 있거라』를『무기와의 작별』로 번역한 것도 생경한 맛이 새롭다. 전위인 척 하지 않는 전위다. 그건 그것대로 제3의 시를 만들어낼 것이다. 번역기의 직관을 믿고 싶다.

*

7월 29일

철마산 입구 나무 계단에 앉아서 쉬었다. 쉰다는 말을 반성한다. 계속 쉬고 있는 사람에게 쉰다는 말은 일말의 농이다. 가방에 넣고 온 송승언의 책을 펼치고 아무 데나 읽는다. 노인(no人)의 문학성을 근본적으로 휘젓는 책이다. 그야말로 낯선 기표가 트로이의 나무말 같은 역할을 한다. 진접에 와서 나의 낡은 창법을 반성한다. 달라져야겠다. 달라질 수 없다는 걸

나는 잘 안다. 달라져야겠다는 작심을 다시 반성한다. 반성되지 않음을 알면서 반성하다니! 슬프군. 가수들, 시인들, 소설가들도 반성을 모르는 존재들이다. 그들도 늘 하던 대로 한다. 특별한 문체를 가진 소설가들이 불쌍하다. 그들은 문체뿐이다. 문체는 의상과 같다. 비오면 비옷을 입고, 작업할 때는 작업복을 입어야 한다. 문체가 하나로 고정된 소설가들은 비가 오든 눈이 오든 단벌옷을 입고 달린다. 문체의 비극이다. 문체가 없는 소설가가 더 다채로운 소설을 쓴다, 고 생각하게 된다. 예가 금방 떠오르지는 않는다. 차차 생각나겠지. 단벌신사 같은 소설가는 부럽지 않다. 독자들이 식별하기는 좋겠지만. 시를 비롯해 말이 되는 글과 말이 되지 않는 글을 쓴다. 시집 『철과 오크』, 『사랑과 교육』이 있다. 고딕 문장은 송승언의 표지에 새긴 약력이다. 한국시가 여기까지 오는데 꼭 100년이 걸린 듯 하다. 다시 100년 뒤에는 시인의 이름만 찍혀 있으리라. 그때는 개 같은 등단 지면이나 개 같은 수상 경력 따위는 쓰지 않을 것이다(인공지능 시대일 것이니 시인은 소멸할 것이지만). 그런 것이 쪽팔리는 짓거리라는 걸 아는 데도 문학사 통산 100년이 소요된다. 오늘 반성은 여기까지 하고 반성하기 전으로 돌아가자.

7월 30일

리스본. 일부러 폰 액정에다 찍어 보았다. 시각성도 청각성만큼 좋았다. 리스본을 검색하기도 했다. 포르투갈 최대의 도시 어쩌구. 내가 시에도 몇 번 썼지만 리스본은 내게 공연한 기표다. 리스본에 가 본 적도 없고, 리스본에 대한 어떤 기억 내용도 있을 게 없다. 아주 없는 건 아니군. 〈리스본행 야간열차〉라는 영화를 본 것. 영화의 원작 소설이 있음을 후에 알게 된 것 정도다. 출근길 남자교수가 강물에 뛰어들려는 여자를 구하면서 시작되는 미스테리를 좇아 리스본행 열차를 탄다는 겉줄거리가 나는 마음에 든다(역시, 나도 교양과목을 강의하고 월급을 타며 새로울 게 없는 일상을 견뎠으니). 뒤에 밝혀지는 영화의 무거운 줄거리와는 다른 그날이 그날 같은 현실로부터 이탈하는 상황에 끌린다. 내 시도 그런 것을 취하고 있을 것이다. 뜬금없이 증발하고 실종되어서 다른 세계에 던져지는 존재의 모습. 그 궁극의 단초이자 핑계가 항구도시 리스본이다. 주문진이나 묵호가 좋은 것도 그런 리유다. 리스본을 제목으로 단 시집을 쓰고 싶다. 남들이 들으면 웃을지도 모르겠다. 웃어줄 독자가 있다면 컵휘 한 잔 대접하겠다. 그거시 지금 나의 마음.

7월 31일

너희들은 살아생전에 내(예수)가 하는 이야기를 단 한마디도 알아듣지 못할 것이다. 내가 하는 말은 이해의 영역에서 작동하는 말이 아니다. 내가 하는 말은 지식의 영역에서 작동하는 말이 아니다. 내가 하는 말은 상식에 참조되는 말이 아니다. 현재의 질서로부터 벗어났기 때문에 독자적, 개별적이다. 정신병자의 문장이 많은 사람을 매혹시키면 시가 된다. 우리의 문법 내부에서는 해석이 안 되지만 우리들을 끌어당기면 리비도의 대상이 된다. 그건 시적인 문장이다. 정신분석학자 백상현의 강의에서 요약한 문장들이다. 어디서 따왔는지는 기억할 수 없다. 출처를 확인할 에너지는 더 이상 내게 없다. 통과.

백상현의 썰은 정신분석이 아니라 시를 겨냥한 듯 하다. 시가 그렇다. 중얼중얼, 독백, 헛소리, 오작동, 부작용, 개소리도 포함된다. 이게 시다. 시일 것이다. 너무 잘 이해된다면 그건 좀 곤란하다. 어딘가 수상하지 않은가. 복잡한 사태를 은유로 표현한다고? 그렇군. 참 시적인 착각이다. 어떤 사태도 언어 속에서는 살지 않는다. 살 수 없다. 언어와 사태는 물과 기름이다. 시인은 그것을 화해시키려고 팔을 걷어붙이고 나선 존재들이다. 대단한 용기지만 만용이다. 문학사의 수채구멍에 걸려서 겨우 존재하는 시인들이 아니라 이름도 명예도 없이 사라져간 시인들을 기억해야 한다. 방황과 불안과 광기에도 불구하고, 편집자와 평론가와 독자의 홀대 속에 속절없이 떠내려가 일말의 흔적도 없이 깨끗하게 지워진 존재들이 시인이었을 것이다. 그들을 기억해야 한다. 이런저런 이유로 문학사에 한 줄 혹은 한 페이지를 장식하고 있는 시인들은 반성해야 한다. 이게 아닌데. 나는 아닌데. 그렇다면 나는 당신의 반성을 존중하겠다. 당신들과 일면식도 없으면서 문자로만 익힌 지식으로 당신을 추앙하는 뒷세대에게 당신은 감사하겠는가. 기억해줘서 고맙다고요? 그건 자존감 있는 시인이 할 말은 아니지. 너그들이 나를 어떻게 알겠니. 읽어서 안다고? 그렇겠지. 나의 분비물을 너무 경배하지 마라. 나는 그것과 무관하다.

이런 말 하기는 많이 그렇지만 21세기의 디지털시들은 무슨 말인지 모르겠다. 이렇게 읽어도 모르겠고, 저렇게 뜯어봐도 요령이 부득이다. 아날로그 시인인 나로서는 어쩐다는 독법이 없다. 쩔쩔맨다. 그렇지만 모를수록 그 바닥없는 수렁이 좋다. 시를 이해하고 설명하는 작업을 나는 거의 경멸한다. 그건 무슨 권한일까. 시를 상식과 이론의 영역으로 끌어들여서 반죽을 하는 일은 제정신 가진 사람들이나 할 수 있는 일이다. 문제는 정신이 온전한 사람이 있을 수 없다는 거다. 헛소리를 헛소리로 중얼거린다는 건 말이 된다.

그렇지만, 나는 아는 말만 골라서 시를 쓴다. 읽으면 그 자리에서 딱딱 알아먹는 시를 쓰고 싶다. 은유, 상징, 아이러니 등등. 왜들 이러시는지. 나는 참겠다. 언어의 공중묘기를 부리지 않을 작정이다. 거듭 말하지만 쉽게 쓰겠다. 만인이 알아먹도록 쓰겠다. **그리고,** 돌아서면 잊어버리는 시를 쓰고 싶다. 외우고 필사하는 시는 절대 노우. 진정한 시인은 쓰고 지우는

자들이다. 무얼 썼는지 모르고, 무얼 지웠는지 모르는 자가 시인이다. 그런 시가 있었던가요. 다시 읽을 수 없어 아쉽군요. 두 번 다시 읽을 수 없는 시. 이러고 있을 게 아니라 나도 내 시를 지우러 가야겠다. 굿바이.

*

8월 1일
어제 남양주 청학동에서 보았던 뭉게구름
미처 지우지 못한 백일몽 한 장면

*

거의 시를 읽지 않고 산다. 그런 날이 꽤 오래 된 듯 하다. 시를 쓰는 사람이 시를 읽지 않는다? 그렇다. 나의 얘기다. 그래도 아무렇지 않다. 아무렇지 않은 정도를 넘어서 내 시선은 더 맑아지고 명확해진 것 같다. 그래서 그런지는 모르겠으나 내 주변에서 일어나는 사태의 풍부함이 선명하게 읽힌다. 초점이 잘 맞은 사진 같다. 이런 사태는 내가 설정한 시라는 가설에 기인한다. 대놓고 말하자면 시에, 시라는 것에 오랫동안 속아왔다는 뜻이다.

시는 시 속에 있지 않다. 시는 말이 시다. 시 속에 시가 있다는 믿음은 속절없고 덧없는 이론적 오염이다. 시는 언어와 문장으로 들어오기 전 어디서나 어슬렁거리는 야생이다. 시가 되었을 때 야생은 사라진다. 우리가 읽는 시는 길들여진 가축과 다름없다. 길고양이와 개냥이의 차이 같은.

전철에서 고래고래 소리지르며 화를 내는 저 노인이 시인이다. 왜 아니겠는가. 전철에서 물건을 팔다가 공익근무자에게 쫓겨나는 상인도 시인이다. 임산부석에 앉아 졸고 있는 중년 남자도 시인이다. 이들만이 아니다. 기자회견을 하면서 방금 전의 자기 말을 태연하게 씹고 있는 정치자(政治者)는 너무 시인에 가깝다. 국회의사당 안에서 휴대폰 들여다보는 국회회원도 시인. 사저 없이 돌아다니는 부랑자, 은퇴할 일 없는 실업자, 기러기 아버지, 꼰대, 라떼틀딱, 태극기, 촛불, 각종 빠들과 까들, 시쓰지 않는 시내버스 기사, 헤어질 결심을 미루는 연인, 소액주주, 바리스타, 신춘문예 연습생, 문예지 정기 구독자. 어린 트로트 가수들, 조회수 없는 유튜버들, 소속사가 망한 시인들.

눈뜨면 도처가 시다.

내 말에 콧방귀를 날리는 분이 없을 수 없다. 당연히 그분들도 시인의 항목에 포함된다. 제일 앞줄에 이름을 올려야 할 것이다.

　요즘은 시가 오면 시를 붙잡는 시늉을 한다. 사양하는 척하면서 술잔을 받아서 삼킬 때의 상황과 비슷하다. 지금이 아니라면 저 시는 없을 것이라는 절박성을 스스로에게 강조하면서 휴대폰 창을 문지른다. 그렇게 해서 한 편의 시는 만들어진다. 이것이 시인가? 이렇게 써도 되는가? 시가 아니어도 할 수 없다. 할 수 없어도 할 수 없는 노릇이다. 이게 나의 문학이다. 지금 저 밑에서 깜빡이고 있는 두 줄. 저 두 줄만으로 시는 완성될 수 없는가? 나도 같이 컴 화면의 커서처럼 깜빡거린다.

　비가 온다
　지우고 다시 쓴다

*

　바다에 가서 휘파람을 불고 왔다.

*

비가 온다. 늦장마다. 어디선가 한꺼번에 비가 몰려온다. 흩어졌던 빗소리듣기모임 임시회원들도 바빠진다. 각자의 삶을 헐고 나와 비구경을 하겠다. 막걸리 한 통을 비워도 좋겠지. 버지니아 울프의 생애를 얘기해도 좋고, 최승자의 시를 읽으며 오규원과 이승훈의 시를 얘기해도 좋다. 황동규는 망초꽃을 들고 있다. 김수영의 현실은 비에 젖을 것이나 이승훈의 현실은 젖지 않을 것이다. 이승훈의 시는 비대상이기 때문. 페소아의 『불안의 책』 이곳저곳을 읽는 것도 좋다. 리스본 뒷거리에도 비가 내리지 않을까. 저기 누가 걸어간다. 뒷모습이다. 옆구리에 출판사에서 거절당한 원고를 끼고 간다. 원고는 빗물에 젖으면서 자발적으로 외진 문학사가 된다. 시는 멀리서 온다. 그곳이 어딘지 아는 시인들은 모두 그곳으로 갔다. 김종삼, 천상병, 박용래, 박정만(왠지 이들만 그곳에 도착했을 것 같은 가련한 착각). 또 있겠으나 지면관계상 생략한다. 시는 먼 곳에서 오는 것이 아니라 이미 내 옆에, 내 손 가까이, 내 숨 가까이 와 있다. 멈춘 사발시계, 다 쓴 핸드크림, 죽음이 파괴하고 떠난 관계들, 버려진 생수통, 낡은 스탠드, 라디오, 사용하지 않는 리모콘, 페이스북에 떠다니는 좋아요.

몽당연필, 경로우대권, 대학노트, 반가사유상 혹은 박가사유상, 2022년 여름의 대한민국의 지리멸렬의 조현병적 쓸쓸함, 빗줄기를 보며 나는 장률의 〈후쿠오카〉 이후의 영화를 기다린다. 홍상수의 28번째 영화 〈탑〉 개봉 소식이 들려온다. 홍상수의 참을 수 없는 영화적 반복을 내 시쓰기의 리듬이 반복하고 있다. 일상과 일상의 틈과 환상과 그 뒷면에 대해서 홍상수는 영화적으로 묻는다. 나도 픽션적인 삶에 대해 시적으로 질문한다.

비오는 날은 비닐우산을 쓰고 늙은 교수의 교육학 강의를 들으러 가던 스무 살의 문학청년을 기념해도 좋다. 그의 남루와 무지와 가열이 덜 된 열망을 성원해도 좋다. 이제는 먼 옛날. 과거도 비대상이다. 언어의 이면에서 무언가 웅웅거린다. 몸이 없는 영혼. 비가 온다. 내가 쓰지 않은 경장편이 비에 젖는군.

*

좋은 시를 쓰고 싶은데
나는 이미 좋은 시를 다 써버렸다는 이 느낌 ♪

*

　내가 가진 책은 몇 권 되지 않는다. 그나마도 짐이다. 다 버려야 한다. 가져가겠다는 사람도 없다. 가져가서 뭐하겠나. 국 끓여 먹을 것도 아니라면. 아껴 읽은 시집부터 버릴 것이다. 아는 출판사 주인이 창고 문제를 해소하기 위해 지역의 공립 도서관에 기증하겠다고 연락했는데 거기서도 사양했다고 한다. 기증이라는 말이 상처받는 순간이다. 어떤 책이든 간에 저자는 고심하며 저술했겠지만 그것은 그의 고심이지 외부인의 것은 아니다. 대학도서관이나 공공도서관에 가보면 거기 소장되어 관리되는 책들이라는 게 대부분 폐휴지 수준이다. 대부분은 95% 아니 조금 낮추어서 90% 정도를 가리킨다. 내게 있는 책 대부분은 시집이다. 내돈내산이거나 시인이 보내온 것들이다. 나는 그 시집들에 연연할 인연이 남아 있지 않다. 대개의 출판사들이 시선을 가지고 있고, 500권이 넘는 시집을 출판한 곳도 있다. 어마무시한 열정이다. 이것만 보자면 우리는 문학강국이다. 사는 현실이 그만큼 성가시다는 뜻도 된다. 이렇게 많은 시선을 만들 필요가 있을까? 내 보기에는 같은 유니폼을 입고 경기를 하는 축구 같다. 등번호 7번 손흥민은 잘 보이지만 나머지는 누가누군지 분간되지 않는다. 시스템이 현실을 밀고 간다. 한 출판사가 오래 유지된다는 것은 영업을 잘 한다는 측면도 있지만 타성으로 유지된다는 뜻도 된다. 저 시선의 9할은 없어도 된다. 시선이 스크럼을 짜고 무슨 군단처럼 버티면서 시선 바깥의 다른 시집을 억압한다. 장서는 격파되어야 한다. 좋은 평가를 받은 시집은 남겨야 한다.

앞의 문장생각은 문학적 타성이자 일종의 함정이다. 누가 누구를 평가하는가. 부처를 만나면 부처를 손보듯이 좋은 시집이라고 떠받들어진 시집을 격파해나가야 한다.

*

시는 처삼촌 묘 벌초하듯이 쓰자, 읽자.

*

직접 고안한 딱 붙은 바지와 긴 외투(전통의상과 정장차림이 반반씩 섞인 복장) 차림으로, 강의실에서 창밖을 보며 원고나 이렇다 할 준비 없이 거의 속삭이듯 조용히 강의하고 언제나 점점 더 깊고 철저하게 철학에 빠져들면, 그의 온몸에서 빛이 났다. 이 남자는 자신이 바라던 감명 깊은 체험 그 자체가 된다(볼프람 아일렌베르거, 배명자 옮김, 『철학, 마법사의 시대』, 파우제, 2019, 248쪽). 하이데거 얘기다. 책을 뒤적거리다가 분명 읽고 지나간 부분인데 새삼스럽다. 내가 읽고 지나간 뒤에 나 모르게 저자가 다시 추가한 부분처럼 읽힌다. 하이데거에 대해 쓰는 건 아니다. 단지 왜 이런 대목이 나, 알지? 이런 말을 속삭이면서 내 눈에 들어오는지 신기하다. 손가락 하나가 하이데거를 가리킬 때 나머지 손가락이 지방대학의 게으른 교수였던 나를 가리키고 있다.

문예창작과를 개설하고 저녁반 강의실에서 시에 대해서 떠들고 있을 때의 모습이 겹쳐진다. 하이데거는 그러나 철학 자체가 되었지만 나는 지방대학 문학교수로서 문학 그 자체가 되지 못했다. 이 대목이, 이 고백이 내 문학의 한 모습이었다고 돌아본다. 지금, 다시 그 자리로 돌아가, 강의실 형광불빛을 밝혀놓고, 강의를 하고 싶다. 그동안 내 강의는 다 잊어 달라. 지금부터 하는 내 말이 진짜는 아닐지라도 진짜에 접근하는 안간힘이라는 것만은 말해두겠다. 감히, 말하지만 나는 시는 이런 것이다, 저런 것이다, 라고 규정하지 않겠다. 다른 사람도 나처럼 말할 것이다. 시는 모든 규정력으로부터 도망간다. 눈치챈 학생들도 있겠지만 시는 규정하려는 욕망이 아니다. 규정과 규약을 어기는 것, 덧나는 것, 심지어 막 나가는 것이 시라고 개념하고 싶다.

이제 나는 아무도 가르치지 않는다. 아무도 나에게 가르침을 청하지 않는다. 내가 나를 가르칠 뿐이다. 내가 나에게 무한정 정직해지는 시절이다. 그냥 산다. 단지, 살아간다. 문자를 통해 배웠거나 문자 속에 들어있는 이론과 개념의 스멀거림은 덧없는 잡음이다. 누가 내게 특강 비슷한 것을 부탁한다면, 나는 못 이기는 척 하면서 그것만은 응하겠다. 특강료는 받지 않는다. 무료. 이 점을 강조한다. ktx 한 칸을 채울 수 있는 정도의 인원이면 좋겠다. 그 절반이어도 좋다. 대여섯 명 둘러앉는 뒷골목 카페라도 상관없다.

먼저, 인사를 한다. 긴장 조절을 위한 헛기침도 몇 번. 객석을 둘러본다. 아무것도 담기지 않은 표정을 짓는다. 침묵한다. 침묵을 지속한다. 한 2분 정도. 10분도 괜찮다. 침묵이 막연한 긴장감을 만들기 직전에 입을 떼고 본론에 들어간다. 더는 피할 길이 없다.

제가 오늘, 이 자리까지 오면서 여러 생각을 해봤습니다. 이런 생각, 저런 생각. 그것은 모두 문학에 관한 것이었고, 특히 시에 관한 문제였습니다. 눈치 챈 분도 있었겠는데 제가 본론 앞에서 버벅대는 망설임을 보셨을 겁니다. 저는 이제 문학 관심자들을 위해서 할 말이 남아있지 않습니다. 이 말씀을 전달하기 위해 역부러 이 강의를 수락했던 것입니다. 헛걸음을 하게 해서 대단히 송구스럽지만 이런 의례를 통해서 문학에 대한 제 생각에 단락을 짓고 싶었습니다. 이 자리에 오신 여러분과 협력해서 말입니다. 이제 제 말을 마쳐도 되겠지요? 미성(微誠)이지만 커피 한 잔씩을 대접하겠습니다.

마지막이라며 누가 질문한다.

질문: (머뭇거리며) 시를 뭐라고 생각하십니까?

대답: (역시 머뭇거리며) 그 질문이 그 답이로군요.

(시는, 언어에 기대어 막 엇나가는 탈주극이겠지요. 언어를 벗어버리고 맨몸으로 달리고 싶은 거의 이르지 못할 꿈) □

¿JAE

여기까지 읽어오시느라
(여기만 읽으신 분도 포함) 애쓰셨습니다.
어디선가 주워들은 얘기를 인용하렵니다.

강남의 재즈 클럽에서 한창 연주를 하고 있는데
한 관객이 무대 쪽으로 다가와 만 원짜리를 건네며
이야기하기가 어려우니
좀 작게 연주해달라고 했다는 소문은
재즈평론가 황덕호의 책『다락방 재즈』의
어느 페이지에서.

디스코그라피

2022년 시집『自給自足主義者』
　　　　시집『아주 사적인 시』
　　　　산문집『시보다 멀리』
2021년 시집『갈 데까지 가보는 것』
　　　　산문집『필멸하는 인간의 덧없는 방식으로』
　　　　산문소설『페루에 가실래요?』
2020년 시집『나는 가끔 혼자 웃는다』
　　　　산문집『거미는 홀로 노래한다』
　　　　산문집『거북이목을 한 사람들이 바다로 나가는 아침』
2018년 시집『여긴 어딥니까?』
　　　　산문집『시를 쓰는 일』
2017년 시집『아무것도 아닌 남자』
2016년 시집『저기 한 사람』
　　　　산문집『오는 비는 올지라도』
2015년 산문집『시인의 잡담』
　　　　산문집『시만 모르는 것』
2013년 시집『헌정』
2011년 시집『본의 아니게』
2007년 산문집『설렘』
2005년 시집『사경을 헤매다』
1998년 연구서『김유정의 소설세계』
1996년 시집『치악산』
1991년 시집『정선아리랑』
1989년 시집『길찾기』
1990년 시집『오늘 문득 나를 바꾸고 싶다』
1987년 시집『꿈꾸지 않는 자의 행복』